당신은 나에게
더없이
깊고 넓고,
짙은 사람입니다.

〈아무도 모를 마음이 여기 있어요〉
© 강선희.2020

아무도 모를 마음이 여기 있어요

강선희 에세이

시크릿하우스

그 마음 잊지 않으려고
난 오늘도 부치지 못할 편지를 씁니다.

이 편지를 읽을 때쯤엔
네가 편해져 있기를 바라.

~~~~~~

~~~~~~

~~~~~~

~~~~~~

~~~~~~

~~~~~~

~~~~~~

나의 침묵은
없음이 아닌
가득함이에요.
이것 봐요.
지금도 이렇게 당신에게
편지를 쓰고 있잖아요.

모든 걸 알 순 없지만

당신을 이해하고,
또 이해하고 싶은 그런 밤입니다.

'눈을 마주 보며 너에게 해주고 싶었던 말이 있어.'

전하지 못해 아무도 모를 마음이지만 언제나 그 마음은 변치 않고 여기에 있었다고 말하고 싶었다. 영원히 돌아오지 않을 순간들, 다시는 만날 수 없는 사람들을 떠올릴 때면 마음이 허무하고 공허해졌지만 나는 이따금씩 누군가의 오랜 진심이 담긴 편지를 읽는 순간만큼은 꽤나 많은 채워짐을 받는 듯했다. 후회는 매번 늦지만 그 마음은 영원하며 귀한 것이니까.

나는 매번 느렸다. 좋아하는 사람들 앞에서는 더욱 그랬다. 그들에게 하고 싶은 말은 많았지만 나에게는 늘 진심을 편히 뱉어낼 수 있을 때까지의 시간이 필요했다. 하지만 매번 그렇듯 시간은 나를 기다려주지 않았고 사람들과의 헤어짐은 내가 항상 무언가를 그리워하는 사람으로 만들어버렸다.
그래서 나는 전하지 못한 말들을 편지 형식의 글로 버릇처
럼 남겨두곤 했다. 못다 전한 말들을 그렇게라도 남기지 않
으면 안 될 것 같았다.

수신인은 다양하다. 사랑했던 사람, 사랑하고자 했지만 사
랑하지 못한 사람, 그리움만 가득한 사람, 고맙고 미안한 사
람, 보고 싶지만 볼 수 없는 사람….

모든 편지를 용기 내어 썼다. '이 용기가 닳아 없어지면 어
떡하지'라는 걱정을 가득 안고도 나는 썼다. 써야만 했다.

편지들을 엮으며 어쩌면 하지 못한 말들이기에 이 말들을
내가 더 오래 기억한 것일 수도 있겠다는 생각을 했다. 이
과정 속에서 나는 하지 못한 말들을 끝까지 하지 않았음에
다행인 순간도 있었고, 말하지 못해 평생을 후회할 것 같다
고 생각한 순간도 있었다. 또 어떤 말들은 평생 동안 절대
잊지 못할 거라고 확신했다. 그리고 무엇보다 확실한 건 이
책을 엮음으로써 이 말들이 어딘가에 가닿을 것이란 작은
믿음이었다.

점점 내 마음을, 나의 진심을 전달하는 일이 왜곡될까 두려

위하는 순간들이 많아지는 듯하다. 눈을 마주 보며 하고 싶었던 말을 결국은 이렇게 편지로 남기게 되었지만 어쩌면 이 또한 누군가의 마음을 전하는 누군가의 방식이라는 것, 그렇게 살아가는 사람도 분명 있다는 것을 누군가는 알아줄 것이라고 믿는다.

뒤늦게라도 전하지 못한 말들을 전하고 싶은 모든 이에게 나의 편지가 작은 용기의 시작이 되길 소망하며 이 책이 부디 그 마음을, 그 아득함을 담아주길 바란다.

차례

첫 번째

이　　　렇게 남겨둔 마
음

두번째

비　　　워지지 않는 것
　　　　　　　　　들

세 번째

짙 어지는 말
들

네 번째

아   무것도 아닌 동시에 전부

인

다섯 번째 모   든 마음엔 다 이유가 있
어

우리의 힘으로는
죽어도 바꿀 수 없는 것들이 있어.
그런 것들 때문에
네가 고통받지 않기를 바라.

너에게 해주고 싶은 말이 있어.

"너의 잘못이 아니야."

첫 번째

이　　　렇게 남겨둔 마

음

오래오래 널 생각했어.

부치지 못할 편지란 걸 알기에

이렇게 너에게 못다 한 말들을 적어.

이렇게 하면 마음이 좀 가벼워질까 싶어서.

너에게 처음으로 써준 편지가 생각난다.

그땐 내 마음도 내가 제대로 들여다보지 못했는데

그게 참 후회스러워.

난 원래 잘 후회하는 사람은 아닌데

너무 많은 후회들을 했네.

그런 내가 싫었고

돌이킬 수 없는 시간들이 너무도 원망스러웠어.

꿈에서라도 한 번은 돌아갈 수 있을까 싶어

꿈을 꾸려고 잠을 청해도 절대 그 꿈은 꾸지 못하더라.

너무 슬픈 일이지.

우리에겐 분명 좋은 기억이 훨씬 많을 텐데

자꾸 묻고 묻혀서 기억이 나질 않아.

지금 너에게 하고 싶은 말이 무엇인지

나도 그 정체를 알 수 없고,

두서없이 나열하는 이 말들이

내일이면 다 후회뿐일 걸 알면서도

이 렇 게   남 겨 두 는   마 음 을   네 가   알   리   없 지 .

그냥

어느 날을 위한 기록이라고 해두자.

● 　오늘 너에게 거짓말을 했어.

"너의 마음을 이해해."

사실 난 너의 마음을 이해하지 못했어.
어쩌면 이해하고 싶지 않았는지도 몰라.
완벽한 이해라는 건 불가능한 일이잖아.
난 누군가가 나를 다 이해한다고 말하면
그게 가끔 겁날 때가 있어.
정말 나를 다 들켜버린 것 같은 느낌이거든.
그런데도 난 널 이해한다고 했어.
널 자꾸 이해하고 싶어져. 그런 마음이 커져.

향기로 남는 사람

● 너의 향기를 내가 많이 좋아했지.

그 향기가 자꾸만 나를 뒤돌아보게 했어.

언제나 너의 향기에 집중하고 싶었으니까.

네가 내 앞에서 걸어갈 땐 널 뒤따랐고

네가 내 뒤에 있을 땐 자주 뒤를 돌아봤어.

그럴수록 내 걸음도 느려졌지.

난 무엇보다 향기로 많은 걸 기억하는 사람이었잖아.

지금도 여전히 그래. 나만 맡을 수 있는 향기.

그런 향기가 있지.

그러고 보면 넌 나를 자주 뒤돌아보게 하는 사람이었어.

나는 한때 뒤돌아보는 일이 미련하게 느껴져서

돌아보지 않으려고 부단히 노력했는데

어느새 누구보다 미련한 사람이 되어버렸네.

이제는 어렴풋해진 그 향기가

아직 구석구석에 남아

나를 흐릿하게 만들곤 해.

● 이번 여름은 유독 짧은 기분이에요.

여름을 보내는 게 아쉬운 것도 이번이 처음이고요.

아마도 억지로 많은 걸 떠나보내야 해서 그런가 봐요.

당신은 푸른 여름의 풍경을 참 좋아했는데

나는 더운 여름이 싫어서

여름을 종종 열음이라고 부르곤 했지요.

요즘은 싫어하는 것을 좋아하게 만드는 것이 무엇인지.

그 힘에 대해 생각해요.

그리고 실은 내가 여름을 싫어한 것이

아니었을 수도 있다는 생각을 해요.

당신으로 인해 난 그런 생각을 합니다.

여름밤은 용기 내기에 참 좋은 계절이에요.

첫 번째

"어려워. 어려운 사람이야."

내가 늘어놓은 이야기들을 듣고 한참 나를 바라보더니
알 수 없는 미소를 지으며 당신이 꺼낸 말이었지요.

"근데 쉬워지지 않았으면 좋겠다. 안 변했으면 좋겠다."

화가 났어요. 도통 무슨 말인지 모를 말들 뿐이었어요.
사실 나는 무엇보다도 당신이 어려웠는데.
세상에 당신만큼 나를 어렵게 만드는 건 없어요.
정말이에요.

실은 비어 있는
그 자체로
의미가
있었던 건데

고작 예뻐 보이는 말들만
너저분히
늘어났을 뿐이었다.
비겁한 마음이었다.

그 눈빛

그 눈빛을 나는 알지. 맞아. 그 눈빛.

너는 자주 그 눈빛을 가졌어.

무언가 가득해 내가 함부로 가질 수 없는 눈빛,

만질 수 없는 눈빛.

그게 나를 참 외롭게 만들었는데.

그럼에도 난 그 눈빛이 담긴 너의 모습을 좋아했어.

그 안에 담긴 것들을 우리가 함께 나누었다면

내가 널 조금은 이해할 수 있었을까?

널 이해하기 위해 노력하는 수많은 밤이야. 마음이야.

당신을 보내는
날

오늘은 당신을 보내는 날입니다.

내 마음대로 정했어요. 당신을 보내는 날.

결국 당신은 나에게로 오지 않았지만

오랜 시간 나의 내부는 당신으로 가득했고

당신으로 인해 꽤나 어두운 나날들을 살았어요.

놀랍게도 이런 마음을 오래 끌어안고 있었네요.

모든 것이 예외였던 당신.

나는 그런 당신을 자주 증오했습니다.

나에게서 당신을 확인하는 일이

습관이 되어버렸기 때문이에요.

어느 순간 당신이 나보다 더 커져버려서

내가 종종 사라지는 걸 발견하곤 했는데

그럴 때마다 나는 몹시 위태로웠어요.

첫 번째

깨지지 못한 채 금이 가 있는 유리병처럼요.

지금 생각해보니 조심할 필요는 없었던 듯합니다.

깨져버리는 게 차라리 나았겠다 싶어요.

이미 어딘가에 닿아버린 마음으로 괴로워하는 건

아무런 소용이 없다는 걸 알았으니까요.

또 나는 당신을 자주 용서했습니다.

당신이 모르는 잘못으로 당신이 모르는 용서를

혼자서 했습니다.

아무도 모르는 용서는 누구를 위한 걸까요.

이 편지를 쓰고 있는데 비가 내리네요.

살짝 열어둔 창문으로 빗소리가 들리고

찬기가 내 방으로 조금씩 스며요.

흘러가네요. 다 어디론가 흘러가요.

참 다행입니다. 흘러가는 모든 것이요.

당신도 편히 흘러가세요.

나는 너른 마음으로 당신을 추억하겠습니다.

혹여나 내 말이 당신에게 가는 도중

가벼워질까

말하지 못했어요.

실은 담아둔 수십 가지의 말 중에 하나를 고르고 골라

그 한 마디를 겨우 뱉어낸 거란 말이에요.

'나의 침묵'과 '당신의 침묵'의 이유가 다르니

우리는 결국 서로를 헤아리지 못한 채

그렇게 살아가겠지요.

언젠가 그 침묵을 깨트릴 용기가 생긴다면 말해줘요.

'당신의 침묵'의 이유는 무엇이었는지요.

● 너의 말을 한 번도 떠나보낸 적이 없어.

끝이 있을 거란 그 말이 얼마나 서운했는지 넌 모를 거야.

너는 왜 나의 끝조차 봐주지 않느냐고

결국 나는 묻지 못했어.

오늘은 바람이 세차게 불었고

그 바람에 기대어 서서 너를 반대로 흘려보냈어.

마음 둘 곳이 없어 초승달에 소원을 빌었고.

이게 오늘 나의 일이야.

● 그때 왜 그렇게 말한 거야?

왜 너의 진심을 숨긴 거야?

왜 영영 너를 보여주지 않는 거야?

그래.

실은 그게 다 너의 진심이었겠지.

딱 그 정도였던 거겠지.

엄
마

●   당신은

내가 당신 앞에서 울어도 나를 안아주지 못하는 사람.

당신이 사랑받지 못하고 자라서 사랑 주는 법을 몰라

미안하다고 말하는 사람.

가끔씩 내 가슴을 쿡쿡 찌르는 말을 내뱉는 사람.

이 모두 당신만의 방식으로 쏟아낼 수 있는

여린 발악이었겠지요.

마음이 아프고 당신이 안쓰러웠습니다.

그래서 나는 당신 앞에서 절대 울지 않기로 했습니다.

나는 여전히

가끔 엄마 같고, 종종 언니 같고, 자주 아이 같은

당신 품에 안깁니다.

오 래 오 래   곁 에   있 어 주 세 요 .

● 너와의 통화를 끝내고 난 후,

한참을 방에서 나가지 못했어.

시끌벅적한 사람들 사이를 다시 비집고 들어갈

용기가 나지 않았거든.

난 이제 너의 목소리만 들어도

네가 어떤 마음으로 나에게 전화했는지 조금은 알 수 있어.

그래서 난 쉽게 어떤 말도 할 수 없었어.

내가 어떤 말을 해버리면

네가 금방이라도 울어버릴 것만 같아서

정말 아무 말도 할 수가 없었어.

네가 그날 어떤 마음으로 나에게 전화했는지

그날만은 정말 알 것 같아.

서툰 이에게

더 서툰 방식으로
내 마음을 표현했다.

나의 실수였다.

문득문득 널 생각해.

네가 이 이야기를 참 좋아했을 텐데.

너라면 내 말에 어떤 대답을 했을까.

자꾸만 궁금한 거야.

내가 신이 나서 흥분한 상태로 말을 쏟아내면

넌 그저 미소를 지으며 차분히 내 말을 들어줬을 거고

꾸역꾸역 울음을 참아내며 내 이야기를 고백하면

넌 나 대신 많은 눈물을 흘려줬겠지.

매번 널 밀어낸 건 결국 나였는데

너의 여운이 곳곳에서 자꾸 새어 나오는 요즘이야.

잘 숨기는 사람

● 네가 말을 잘하는 사람이라서, 그래서 외로울 것 같았어.

넌 그렇게 아주 능숙하게 널 잘 숨기곤 하니까.

그러다 네가 정말 아무것도 말하지 못하게 될까봐

걱정되기도 했어.

널 숨기는 일이 너에게 익숙해졌을까봐. 편해졌을까봐.

요즘 네가 마주하고 있는 세상은 어때?

여전히 널 괴롭게 하고 있어?

아니면 혹시 너의 마음에 작은 희망이 들어앉아

조금의 변화라도 생겼을까?

궁금하지만 묻지 않을게.

그냥 언제나처럼 여기 있을게.

하고 싶은 이야기도, 못다 한 이야기도

언제든 들을 수 있게.

● 돌아올 대답을 알면서도 잘 지내냐고 묻는 마음을
너는 모르지.
내가 할 수 있는 건 고작 이것뿐인데.
나는 정말 아무것도 하지 않았는데
마음이 온 힘을 다하는 느낌이야.

"잘 지내고 있어?"

부탁
해

● 너의 그 유약한 말들이 나를 무참히도 짓밟았어.

넌 알아야 했고 난 말할 수 없었고

너의 말들은 너무 순수해서 난 알아들을 수 없었어.

그 순수라는 게 나에게 이상한 죄책감을 안겨줬잖아.

넌 너무 행복해서 난 말할 수 없어.

그 또한 나의 역사라 난 벗어날 수 없어.

네가 잘못되었다는 게 아냐. 너무도 진심인 걸 알아.

알아서 그게 나를 너무 괴롭게 해.

너의 위로가 가끔은 나를 아프게 하기도 해서

그럴 때면 내가 다 사라져버리는 기분이야.

부탁할게. 나를 위해 아무것도, 아무 말도 하지 말아줘.

아픔까지 끌어안고 있으려는 나의 간절함을

너　는　　　정　말　　　모　　를　　　거　야　.

마음, 마음, 마
음

● 겨우 버텨내던 정체 모를 마음이

와르르 무너져 내리는

그런 밤이야.

어떤 마음과 어떤 마음이 서로를 밀고 당기는데

그 둘은 그러다가 엉켜버렸어.

이 마음은 이제 나의 것도, 그 누구의 것도 아닌 것 같아.

이제 그들도 서로를 몰라.

그럼 이건 대체 다 누구의 마음일까.

나를 몰아치며 덮쳐버리는 마음보다 무서운 게 있어.

서서히 와서, 스며들어서, 쉽게 사라지지 않는 마음이야.

정말 끈질긴 생명력이야.

너의 말은 틀렸어.

시간도 해결하지 못하는 게 있어.

● 한동안 아무것도 하지 못했어.

아무것도 읽지 않고, 보지 않고, 쓰지 않았어.

그 무엇도 느끼면 안 되었어.

어떠한 것도 내것이 되면 안 된다고.

부단히 철저히 막아냈어.

사소한 것도 내것이 되어 나를 몹시 괴롭혔거든.

오늘도 너에게 편지하지 않는 밤이 되길 기도해.

너에 대한 어떠한 말도 어떠한 글도

내가 담아내지 않기를. 않기를 기도해.

● 당신을 탓하지 않아요.

당신의 고단함을 이해하려 하지 않았으니까요.

세상 모든 것이 마음대로 되지 않는 삶을 살아가는 일.

그 삶을 책임져야 하는 일. 그 무게를 견뎌내는 일.

무게가 점점 짙어져 가는 일. 누구도 원치 않는 일.

당신도 원치 않았겠죠. 이런 일.

몸과 마음 중 무엇이 먼저인지 알아갈 여유조차 없어

순서 없이 살아지는 삶을요.

자신보다 사랑하는 존재가 있다는 건 지옥이라고 하던데

자신보다 사랑하는 존재가 있어

괴로웠을 당신. 괴로운 당신. 앞으로도 괴로울 당신.

단 하루라도 편안하세요. 편해지세요.

당신을 잠시 놓아주세요.

당신의 평생을 감히 헤아릴 수는 없지만

생각보다 그리 어려운 일은 아닐 겁니다.

그렇게 될 거예요.

두번째

비　　　워지지 않는 것

들

작은 방에서
꿈을 꿨다.
보고 싶은 친구들이
많이 나왔다.

꿈이 새어나가지 못하도록
문을 꼭꼭 닫아두었다.

● 한 번의 숨을 쉬어요.

길게 들이쉬고 길게 뱉어내요.

걱정 말아요.

한숨을 쉬는 게 아니라 정말 숨을 쉬는 거예요. 긴 숨을요.

이렇게 한 번의 숨을 쉬고 나면

무언가 괜찮아져요. 나아져요.

내 　 가 　　　 드 　 넓 　 어 　 져 　 요 　 .

내가 쉬는 숨은 나를 위한

한 번의 숨이랍니다.

비워지지 않는 것 들

바다는 나에게 자유고 염원이고 해소였어요.

가끔 무언가를 해소해야만 할 때

난 충동적으로 바다를 찾았죠.

그날도 그랬어요.

바다를 보지 않으면 안 될 것 같은 그런 날.

당신에게 끊임없이 구속되어

당신은 사라질 생각을 하지 않았고

당신 보내는 일을

바다가 대신해줄 수도 있겠다 생각했어요.

그날 찾은 바다는

바람이 세차게 불었고 파도도 거셌어요.

당신을 떠올릴 때마다 느끼는 세참과 거셈은 같았네요.

한동안 머물던 그 세참과 거셈이 흘러가더니

해가 지며 잔잔해진 바다를 바라보는데

그렇게 아름다울 수가 없었어요.

아름다운 것을 보는데 또 당신 생각이 났어요.

아름다운 것을 보아서요. 그것이 아름다워서요.

난 무엇을 비워내려 그토록 먼 바다를 찾았던 걸까요.

이렇게 비워내고 또 비워내다 보면

남는 게 있을까 싶으면서도

여전히 비워지지 않는 것들이 있어요.

죽어도 사라지지 않아요.

비움에는 언제나 또 다른 채움이 있다는 걸

난 여전히 알면서도 알지 못해요.

이 끝이 없는 마음이 더 이상의 헤아림을 모르기를.

내가 잠시 그 마음에서 멀어질 수 있기를.

기울어가는 마음이 그렇게 기울다가 저물기를.

오늘도 나는 그렇게 기도해요.

● 난 꼭 편지를 쓰려고 하면 마음이 먹먹해져서

어떤 말로 시작해야 할지 모르겠어.

눈을 마주 보며 해주고 싶은 말들이었는데 말이야.

전하지 못한 채 한껏 쌓아둔 이 말들을

시간을 돌린다고 내가 다 뱉어낼 수 있을까?

아마 아닐 거야.

난 여전히 미련한 모습으로 가만히 바라만 보고 있겠지.

알잖아. 나 매번 느린 거.

그냥, 언제라도 읽어주면 좋겠다.

요즘 난 울보가 되었어. 잘 울지 못하는 나였는데,

시도 때도 없이 울음이 나오는 건

어찌할 도리가 없더라.

널 만나고 나서부터 낯선 나의 모습들을 많이 발견해.

내가, 내가 아닌 것 같아.

너와 나눈 대화들을 보면 그건 다 내가 아닌 것 같아.

네가 기억하고 있는 난 어떤 사람일까.

대체 넌 어느 언저리에 있는 나의 모습을 기억하고 있을까.

널 만나기 전 내가 어떤 사람이었는지

도통 기억이 나질 않아.

나 정말 많이 변했어.

가 둘 수 없
는

● 안에 가둘 수 없는 애정이 흘러넘치면

사람은 변한다고 하던데,

나의 애정들은 당신에게 백 퍼센트 예쁜 감정이 아니에요.

예쁘지만은 않아서,

비로소 흘러넘칠 수 있다는 걸 최근에서야 알았어요.

그래서 나는 조금씩 변해가고 있어요.

고맙습니다.

편해질 거야

발버둥 치는 노력은 하지 않을 거야.

그렇게 하기로 했어.

힘겹게 부둥켜안고 있는 시간들을

억지로 놓아주지 않을 거야.

다 이유가 있는 일일 거야.

그냥 자연스럽게 흐르기로 했어. 편해질 거야.

누구보다 잘 지낼 걸 알잖아. 괜찮을 걸 알잖아.

벌 써   하 나 의   계 절 이   지 나 갔 으 니   말 이 야 .

너의 위로를 며칠 동안 되새기고 생각했어.

위로를 소화하는 것도 꽤 시간이 걸리는 일이더라.

버거워서가 아니라 아마 너무도 적당했기 때문인 거 같아.

적당히 따뜻하고 적당히 냉철해서

어쩌면 너의 말이 외면하려던 나를 직면하게 만든 거겠지.

생각해보니 넌 나를 매번 그렇게 만들더라.

누군가 나의 행복을 바라는 게 고통스러운 요즘이라

내가 누군가의 행복을 바라는 일 또한

조심스러워지는 요즘이기도 해.

그럼에도 누군가는 꿋꿋이

나의 안부를 묻고 나의 안녕을 바라고

나 또한 누군가의 마음이

언제나 무사하길 바라고 있어. 이기적이게도.

내 이야기를 쏟아내게 하는 사람을 만나는 일.

나의 결핍과 아픔을 온전히 내려놓고 싶게 만드는 일.

그런 이야기를 나누며 겁 없이 눈을 마주치는 일.

나와는 다른 상대의 아픔을 마주하는 일.

그 아픔을 그대로 안고 싶은,

내 손으로 하나하나 보듬고 싶은,

오히려 그 상처가 더 아름다워 보이는

그런 신비로운 순간들이 나를 구원하는 일이야.

누군가에게 받은 위로를 다시금 나에게 돌려준 시간들.

모든 마음이 내것이라 했던,

그 위로를 나는 오래오래 잊지 못할 거야.

정 말 사 랑
이

● 　사랑만이 구원이라 믿었는데.

정말 사랑이 저들을 구할까?

정말 사랑이 나를 구할까?

난 여전히 이어폰 줄에
얽매이는 게 좋고
몇몇 말들에
구속되는 게 좋아요.

이런 내가 좋아요.

누군가를 형용하는 일

함께한 대화들이 너무 소중해서 지우지 못할 때가 있어요.

이럴 때 보면 나는 참 미련이 많은 사람 같아요.

한동안 진솔한 사람이 되고 싶다는 생각을 했어요.

　진　실　되　고　　솔　직　한　　사　람

이게 얼마나 어려운 일인지,

이런 사람은 또 얼마나 매력적인지도 잘 알고 있어요.

얼마 전 당신은 나에게 "넌 진솔한 사람이야"라고 말해줬죠.

나는 그 말이 의아해서

왜 그렇게 생각했는지 말해줄 수 있냐고 물었고요.

나의 단순한 호기심에 누구보다도 진솔하게 대답해주는

당신이 고마웠어요.

적어도 당신에게는 진솔한 사람일 수 있겠다는 생각에

다행스럽고 기쁘기도 했고요.

누군가를 말로 형용할 수 있다는 건

이렇게나 멋지고 사랑스러운 일이네요.

나는 그저 진솔한 사람이 되고 싶다고 했는데

실은 '넌 이런 사람이야'라는 말을 듣고 싶었나 봐요.

나는 여전히 내가 너무도 궁금한 사람이라

누군가가 나를 형용해주는 일이 너무너무 좋아요.

요즘 나에게 좋은 일이 있어.

오랜 마음을 보답받듯이 짧은 시간 동안 좋은 것들이

나에게로 와줘서 벅찬 나날들을 보내고 있어.

매일매일, 매 순간이 신비하고 소중하고 감사해.

'좋은 일'이라는 거, 나에겐 너무 오랜만이거든.

그래서 실감이 잘 나지 않고 축하받는 일도 어색하고 그러네.

아, 축하를 많이 받았어. 사람들이 축하를 해주는데

축하하는 일에 조금 서툰 사람들의 모습을 봤어.

그 모습을 보는데 너무 행복했어.

그들의 진심이 나에게 너무도 닿아버렸거든.

그 진심들이 느껴져서 행복한 요즘이야.

이런 진심들을 오래오래 가질 수 있다면

나에게 좋은 일이 더 많이 생겼으면 해.

단지 그것뿐이야.

그런데 난 오늘 또 이상한 기분을 느꼈어.

난 늘 좋은 일이 생기는 날엔 기분이 좋지 않아.

음. 분명 기분이 나쁜 건 아닌데 들뜨지 않고 신나지 않고

자꾸자꾸 차분해져.

갑자기 막 눈물이 나는데 이유를 도통 모르겠어.

분명 슬퍼서 우는 건 아닐 텐데,

우는 게 내가 좋은 일을 대하는 방식인 걸까?

난 원래 잘 울지 못하는 사람인데 말이야.

내 마음을 도저히 내가 모르겠어.

좋을 땐 맘껏 좋을 수 있는 사람이 되고 싶다.

그래도 오늘은 참 좋은 날이야.

좋은 날.

● 　난 이상하게 겨울에 마음이 가장 따뜻해져서

추워도 추운 게 참 좋더라고요.

겨울은 포근함 속에서

사유하기 가장 좋은 계절인 것 같아요.

나를 감싸주는 모든 것이 소중해지는 밤이에요.

움츠러든 마음도 괜찮을 거라고 말해주고 싶었어요.

나를 온통 들키고 싶었던 그날,

나의 온 마음을 보여줬던 그날을

잊지 마.

생각이 없이   어떻게 살아.

마음이 없이   어떻게 살아.

● 그저 현실에 살라고,

현실은 원래 이렇게나 공허한 거라고 말해줬었지.

꿈인지 현실인지 헷갈리는 일들이 일어나고

그렇게 나는 자꾸 스스로를 확인하고

나의 상태를 들여다보게 돼.

어떨 땐 정돈된 내가 싫어서,

또 어떨 땐 아슬아슬한 내가 싫어서.

아마 덜하지도 더하지도 않은 적당한 상태로

간절했던 내일을 맞이하고 있나봐.

● 돌아보는 게 무서워서.

돌아보다가 어색하고 민망한 '나'를 마주하게 될까봐

회피의 회피를 거듭했습니다.

그럴수록 꾹꾹 밀어넣은 마음은 버텨내지 못하고.

한껏 뜨거웠던 마음이 모조리 식어버리는 내 모습을

그저 외면하고 싶었나 봅니다.

그토록 다정하기만을 바랐건만

그럼에도 어느 순간은 따듯하게 잔인하고

또 어느 순간은 벅차도록 가혹해서

나는 상황을 원망하고 사람을 미워했습니다.

그러다 문득

오늘 당신과 나눈 대화들이, 나에게 오는 말 마디마디가

오늘의 나를 살게 만들었습니다.

사랑해 마지않을 것들이 주위에 이렇게나 넘쳐나는데

나는 뭐가 그리 어렵다고.

오늘밤은 그저 기분 좋은 너저분함으로

가득 채워지고 있습니다.

덕분입니다.

그
냥

● 그냥이 된다.

그냥이 그냥이네.

나는 그냥이 어떤 건지 모르고 살았는데.

그냥.

좋다.

두 번째

가여
워

● "가여워. 안쓰럽고."

한동안 나에게 가장 많이 한 말인 것 같아.

혼자 중얼댔어. 내가 정말 안쓰러웠거든.

영영 무얼 갖지도 주지도 못하는 사람이 될 것만 같아서

아무것도 하지 못하는 내가 몹시 불쌍했어. 가여웠어.

나를 불쌍히 여기는 게 차라리 나았던 걸까.

적어도 나를 미워하거나 증오하지는 않았으니 말이야.

원하지 않았고 원해본 적도 없는 일들이

한꺼번에 나에게로 와서, 그 시간이 너무 혹독해서

입 밖으로 종종 튀어나오곤 했어.

"너 진짜 가엽다."

'너 지금 왜 이 모양이니'가 아니라서 다행이었을까.

아니야. 어쩌면 이 말도 했을지 몰라.

오 늘 은   맛 있 는   밥 을   먹 어 야 겠 다 .

나올 때가 되었다고

● 오늘 책을 읽다가 펑펑 울어버렸어.

이해가 되지 않을 만큼 말이야.

난 가끔 이럴 때가 있더라.

책을 읽거나, 영화를 보거나, 드라마를 보다가

정말 가끔씩 과하게 울어버릴 때가 있어.

아마 온전히 그 순간에 마주한 장면 때문만은 아닐거야.

내 안에 몰아둔 슬픔 같은 것들이

그 순간에 기다렸다는 듯이 터져 나온 거겠지.

나올 때가 되었다고. 오래 기다렸다고.

오늘도 그런 이유였을까.

이 터져버림의 이유를 알고 싶진 않아.

그냥 내가 이럴 수도 있는 사람이라는 게 다행인 일이야.

후련하고 개운하다 정말.

고마운 마
음

● 차곡차곡 쌓아둔 그간의 마음들을

연말이라는 아주 좋은 핑계를 빌어 보내려 해.

난 사실 연말을 별로 좋아하지 않아.

채워지지 못한 시간을 억지로 떠나보내는 것 같기도 하고

난 매번 만족보다는 후회를 많이 하는 사람이니까.

올해는 채워지는 동시에 비워지는 시간들을 보냈는데

그게 나를 많이 힘들게 한 거 같아.

수많은 감정을 한번에 감당해내기 벅찬 시간들이었어.

그런데 참 아이러니하게도 그 시간들이

나를 오래 괴롭히던 것들로부터 벗어나게 해주더라.

여러모로 신기하고 감사할 따름이야.

생각해보면 난 나의 이기심과 냉정함을 감추기 위해

따듯해 보이는 그럴듯한 말들을

그렇게 내뱉었는지도 몰라.

그러면 마음이 좀 나아졌으니까.

그럼에도 나는 노력과 진심을 담아

꾸준히 말할 거고 또 들어줄 거야.

마음이 가지 않으면 아무것도 하지 못하는

고집스러운 내 옆에

여전히 존재해주어 고맙습니다.

어린
나

● 난 아직도 어린 나와 종종 마주치곤 해요.

혼자 있는 어린 나요.

어딘가에 혼자 앉아 있는 나.

어딘가에서 혼자 음악을 듣는 나.

어딘가에서 혼자 누군가를 기다리는 나.

가끔씩 그때 내가 무슨 생각을 하고 있었을지 궁금했어요.

어느 날엔 그때의 공기가 너무 선명해서 도망치기도 했지만

그런다고 그 아이는 사라지지 않아요.

아마 많이 외로웠겠죠. 그 아이.

가끔 타인을 보며 내 안의 어린 나를 발견하곤 해요.

'아, 너 아직 살아있구나' 하고요.

그런 사람들이 있어요.

내 안의 어린 나를 발견하고

두 번째

그 아이를 안아주고 싶게 만드는 사람들이요.

그저 아무 말 없이

포근히 껴안아주고 싶은 따듯한 마음을 줘요.

당신은 내가 외면하고픈 것들을

그대로 바라보고 가득 안을 수 있게 만드는 사람이에요.

그 런 사 람 들 은 참 흔 치 않 아 요 .

걷거나 달리거나

걷기와 달리기를 하고 있어.

요즘은 더 많이 걷고 더 간절히 달리는 거 같아.

걸으면 기분이 좋아져.

정체되어 있던 피가 빠르게 순환하는 느낌이기도 하고

확실히 살아있다는 느낌이 들어.

그리고 신기할 정도로 많은 생각이 정돈되곤 해.

잊고 있던 생각들, 잊고 싶던 생각들,

정리하고 싶지만 정리하지 못해 잠시 넣어두었던 생각들,

자연스레 잃어버린 생각들이 불쑥불쑥 나타나.

달리기를 자주 하지는 않는데 가끔 뛰고 싶을 때가 있어.

달릴 때면 생각이 사라져버리기 때문인 거 같은데

사실 너무 숨이 차고 다리가 아파서 생각할 겨를이 없어.

육체적 고통이 정신을 지배하는 느낌이야.

난 달릴 때 보통 도착지점을 정해놓고 달리는데

얼마 전엔 그냥 막 뛰고 싶더라.

그래서 그냥 막 달렸어.

그랬더니 지하철역 한 정거장을 뛰어버린 거 있지.

목에서 피 맛이 나더라. 그래도 기분은 좋았어.

근데 참 웃긴 게,

그 와중에도 뭐가 자꾸 생각이 나서 막 숨을 헐떡이다가도

굳이 떠오르는 걸 또 메모장에 적어놨어.

이럴 때 보면 죽고 싶다면서도

무척이나 살고 싶은 모양이야.

살아있는 하루

● 오늘은

오래오래 기억하고 싶은 문장을 선물받고

기분이 종일 이상하길래

'아, 나는 지금 살아있구나' 했던

하루였습니다.

이기적일 수밖에
없어서

불쌍한
인간의 마음.

행복해질 게요,
저

● 오늘 쏟은 눈물을 후회하지 않아요.

저는 원래 잘 우는 사람이 아니라 당황하긴 했지만요.

모르셨죠. 제가 자꾸자꾸 웃은 건, 우는 게 창피해서였어요.

우는 게 창피한 일은 아닌데

여전히 울음이 어색하고 창피하고 그래요.

가끔씩 저는 어떤 어른들 앞에서 무너져버리는 거 같아요.

이유는 모르겠지만 세월의 힘이라는 게

가끔 누군가의 시간을 다 이해하고 또 무너뜨릴 만큼

커다랗고 위대하게 느껴질 때가 있어요.

그 힘에 의해 제가 무너지는 순간을 참 좋아해요.

그러면 저를 다시 쌓아나갈 힘이 생기거든요.

아마 오늘 저에게 열 번 정도 말씀하셨을 거예요.

행복해야 해, 행복해야 해, 꼭 행복해야 해.

두 번째

제일 먼저 네가 행복해야 하는 거야.

행복해야 해.

그래서 저는 행복하겠다고, 반드시 행복해지겠다고

속으로, 속으로 대답했어요.

행복해질게요, 저.

세 번째

짙   어지는 말
          들

나만 아는 얼굴

전하고 싶었던 진심을 꾹꾹 눌러 쓴 편지를 건네요.

그리고 그 사람이 내 앞에서 그 편지를 읽는 그 눈을 봐요.

나는 그 순간이 너무 행복해요.

그 눈은 거짓 하나 없이 솔직하고 순수하고 반짝이거든요.

그 눈을 바라볼 때면

나의 진심이 그 사람에게 하나하나 닿아가는 것을 목격해요.

정말 황홀한 순간이에요.

그건 아무도 볼 수 없는, 나만 볼 수 있는 얼굴이에요.

한 번도 본 적 없는 얼굴. 점점 깊어져가는 표정.

당신이 나의 편지를 마음에 담을 때,

나　는　　　그　　얼　굴　을　　　담　아　요　.

오래오래 기억하려고 열심히 담습니다.

세 번째

네가 들려주던 노래를 듣고 있어.

비 올 때 들으면 좋다고 했던 노래 말이야.

비가 올 땐 바로 이 노래를 꺼내 듣고,

그냥 듣고 있을 땐 비가 내렸으면 좋겠다는 생각을 해.

나도 비 오는 날 너에게 들려주고 싶은 노래가 있어.

그 노래를 나누면서 함께

빗소리를 들어도, 비를 맞아도 좋았겠지.

오늘 마침 비가 오네.

깊고 넓고, 짙
은

● 당신은 당신 마음속 호수가
매 순간 잔잔하기를 바란다고 했죠.
잔잔하기 위해 혼신의 힘을 다한다고 했죠.
그러네요.
당신 옆에 있다 보면 그런 당신의 노력이 느껴지네요.
내가 투명 인간이 되어버리고 싶을 때도 있고요.
당신이 당신만의 이야기를 풀어나가는 방식이
가끔은 고되어서 그저 멀리서 바라볼 뿐이에요.

난 당신 옆에서 아무것도 하지 못했지만
아무것도 하지 않는다고
당신이 나에게 아무것도 아닌 것 아니고
내가 당신을 깊이 생각하지 않는 것도 아닙니다.

당신은 나에게 더없이 깊고 넓고,

짙은 사람입니다.

나를 고백할 때 나를 바라보는 너의 눈길이 좋아.

사소하지만 결코 사소하지 않은 것들이야.

눈길의 잔상들.

가끔씩 그 잔상들이 맴돌곤 했어.

어렵게 뱉어낸 나의 고백을 들으며

말보다는 눈으로 답해주니 말이야.

나를 헤아리려 노력하는 눈,

헤아리지 못해도 이해하려 부단히 노력하는 눈,

그저 그대로 스미는 눈,

무언가를 말하고 싶지만 끝끝내 참아내는 눈.

너의 그 눈이 나는 정말 좋아.

세 번째

● 가을 하늘을 올려다보는 순간들이 많아지고
이 순간이 짧을 걸 알기에
더욱이나 소중한 시간들이에요.
지금도 바람이 불고 있어요.
어딘가에서 또 다른 어딘가로.
가을은 그리움으로 가득 차
나를 몹시도 아득하게 만드네요.

쌀쌀해진 이날들이
당신에게 차갑지만은 않았으면 좋겠어요.

좋아하지 않는다고

꼭 싫어한다고

말할 필요는 없잖아.

그 사이에는

너무 많은 마음이 있는데.

짙어지는 말들

시간이 갈수록 짙어지는 말들이 있지.

너의 말들이 나에게는 그래.

나는 너의 솔직함이 좋고

너와 함께 있으면 솔직해지는 내가 좋아.

그 사소한 변화들이 고스란히 느껴지는 건

얼마나 따뜻한 일인지.

영영 나만 알고 싶은 마음이야.

너와 대화를 나눌 때 스쳐지나갔던 말들이

어느 순간 문득문득 떠올라 나를 멈추게 해.

시간 사이사이에 숨어 있다가

원래부터 나를 위해 준비된 말인 것처럼

갑자기 나타나버려.

그러면 나는 정말이지, 정말이지 네가 보고 싶고 그래.

난 아직 너만큼 깊은 사람과 마음을 나눠본 일이 없어.

내가 살고 있는 동네는 사계절이 몹시 뚜렷하고 선명해.

평생을 살았는데도 질리지 않고 매번 새로울 수 있는 건

아마 우리 동네뿐일 거야.

우리 집 앞에는 아주 긴 길이 있는데

봄에 벚꽃이 만발하면 그렇게 예쁠 수가 없어.

산이랑 나무도 많아 여름에는 무성한 초록을 볼 수 있는데

파릇한 연두색에서 짙은 녹색으로 변해가는 걸 발견하는 게

나름의 소소한 기쁨이야.

나무가 많다고 했잖아.

그래서인지 가을엔 짧지만 다채로운 풍경들을 발견하곤 해.

공원에 나가 자주 이런저런 것들을 끄적이다 보면

겨울이 성큼 다가오더라.

난 겨울에야 비로소 우리 동네가 제 옷을 입은 것 같아.

어느 날 눈이 내리는 걸 보면

그 소복함이 모든 걸 고요하게 만들어서

차분해진 마을이 얼마나 아름다운지 몰라.

지금은 봄을 지나 여름으로 가는 중이라 모든 게 푸르러.

많은 것이 환기되는 기분이야.

사계절이 피고 지는 걸 바라볼 때마다

문득문득 네가 떠올랐어.

한 계절 한 계절이 이렇게나 뚜렷한 만큼

너 또한 누구보다 뚜렷한 사람이었잖아.

나에게도 그랬고.

그런데 있잖아.

요즘은 가끔씩 희미한 것들도 필요하다는 생각을 해.

볼 수 없
는

●   알고 싶고

보고 싶고

느끼고 싶고

닮고 싶어.

볼 수 없는 너를 보며 이런 생각들을 해.

사 랑
해

● 입 밖으로 내뱉는 게

얼마나 어렵고 무거운 말일까 싶으면서도

이렇게나 빨리 너에게 해주고 싶던 말이 있어.

사랑해. 너를 사랑하고 있어.

한마디, 한마디

넌 정말 긍정을 주는 사람이야.

뻔한 말일지 모르지만 정말로 그래.

그 긍정의 에너지가 나를 몹시 기분 좋게 해.

좋은 에너지에 대해 생각해봤어.

이건 내가 요즘 타인을 보면서 느끼는 것들인데

친분의 깊이와 상관없이

매사에 긍정적이고 나에게 진심으로 좋은 말과 예쁜 말을

건네주는 사람과 대화할 땐

한마디 한마디에 엄청난 노력을 기울이는 나를 발견해.

이런 게 정말 긍정의 힘이라는 건가 봐.

한마디를 해도 너에게 힘이 되고

사랑을 느낄 수 있는 말을 해주고 싶어.

마음에 남을 말을 너에게 주고 싶어.

이런 것들이 엄청난 힘을 가지고 있다는 걸
요즘 새삼 느끼고 있어.
그 에너지들이 잘 돌고 돌 수 있도록
나도 나를 잘 보살피며 살게.

너에게만 해주고 싶던

● 너에게라면 무엇이든 다 말해줄 수 있을 것만 같았어.

내 이야기를 모두 내어줄 수 있을 것만 같았어.

너에게만은.

가끔 내 이야기를 너에게 쏟아내는 모습을 상상하곤 해.

넌 어떤 표정으로 내 말들을 담아줬을까.

그 순간엔 어떤 눈을 가졌을까.

그렇게 네 얼굴을 그려보기도 했어.

아마 어떠한 말에도 흔들림이 없었을 거야.

넌 자주 그런 사람이니까.

혹여나 마음이 흔들려도 쉽게 내색하지 않고

잘 그러지도 못하는 사람이었으니까.

너의 눈이 흔들렸던 순간을 기억해.

우리가 처음으로 대화를 나눴을 때

매번 견고해서 꽉 차 있던 눈이

비로소 숨을 쉬고 있는 것 같다고 느꼈어.

눈에서 숨결이 느껴졌어.

잠 깐 이 었 지 만   진 짜   너 를   본   듯 했 어 .

너도 그 순간 너를 나에게 들킨 게 싫지 않은 듯 보였어.

다행이라고 생각했어.

난 아마도 그 순간을 오래오래 기억하겠지. 아마도.

●　오늘은 하늘이 정말 아름답네요.

　　계신 곳의 하늘도 아름다운지요.

차마 미워할 수 없는 이름.
부를 수 없는 이름.

잃어버린 이름.

계절을 닮은 사람

● 가을이 완연한 밤이야. 오늘은 더욱이나 그래.

귀뚜라미 소리, 안개 냄새, 희미한 시야 같은 것들이

온전하게 가을을 느끼게 하고 있어.

넌 내가 초가을 저녁 같은 사람이라고 말해줬었지.

난 그 말이 무척이나 좋았어.

이른, 가을, 저녁.

모두 다 내가 좋아하는 것들이거든.

간절했던 시간을 또 다른 누군가가

간절히 기다려줄 것만 같은 그런 말들이야.

내가 말했었나.

넌 여름이 참 잘 어울리는 사람이라고.

난 여름에 가장 솔직한 너를 봐.

무더운 여름의 낮과 이상하리만치 꿈같은 여름밤이

세 번째

네가 살아가는 방식과 비슷하다고 느꼈어.

사랑하는 것에 뜨거워질 줄 아는 사람.

꿈결이라 느낄 만큼 사랑하는 것에 푹 빠져들 수 있는 사람.

내가 바라본 너는 그런 사람이니까.

앞으로도 수많은 여름 속의 솔직한 너를 보고파.

우리 꿈같은 여름을 오래오래 함께하자.

결국엔 진
　　　심

● 　아직 아물지 않았고 언제 아물지 모를

너의 상처에 대해 말해주는 너.

나에게만은 이런 이야기를 나눌 수 있다고 말해주는 너.

언제나 내가 덜 아프고 덜 상처받길 바라는 너.

나의 사랑이 무사하길 바라는 너.

모든 게 진심인 너.

진심이 아니면 아무것도 할 수 없는 너.

나는 널 보며 진심이라는 게 무엇인지 순간순간 알게 돼.

그리고 그 진심을 대하는 마음이

널 힘들게 만든다는 것도 알아.

넌 너조차도 속일 수 없는 진심을 먹고 사는 사람이니까.

가끔 그 진심이 너를 괴롭힌다 해도

너의 진심이 누군가를 살릴 수 있다는 거 잊지 말았으면 해.

　　　　　　　　　　　　　　　　　　세 번째

너 자신조차도.

결국엔 다 진심, 진심인 거니까.

진정으로 진심인 나의 순간들이

너의 진심을 만나 벅찰 때가 참 많아.

나도 언제나 네가 덜 아프고 덜 상처받기를 바라.

무너짐조
차

매번 너에게 받는 만큼

내 마음을 주지 못하는 거 같아

미안했어.

나는 내 마음 중 주고 싶은 마음 하나를 골라 너에게 준다면

넌 네가 줄 수 있는 모든 마음을 여기저기서 끌어와

온통 모아둔 다음 건네주는 사람이잖아.

넌 언제나 그랬어.

그런 네가 가끔은 걱정됐어.

넌 내가 걱정하기엔 현명하고 씩씩한 사람이지만

한 번씩 온 마음을 모으다가 쉽게 무너지기도 했으니까.

하지만 난 너의 무너짐조차 응원해.

그 무너짐이 어느 날엔

네가 살아낼 이유가 되어주기도 할 거야.

모아둔 마음이 무너져도 실망치 않길 바라.

세 번째

그 마음 하나하나 얼마나 소중한 것들인지,

얼마나 견고히 너를 담은 것들인지

누구보다 내가 알고 있어.

부서져도 괜찮아.

넌 그 부서진 마음도 다시 조각해낼 힘을 가진 사람이니까.

널 알고 나서부터
난 진짜라는 게 뭔지 알게 됐어.
보고 싶다는 게 어떤 건지
그립다는 게 어떤 건지
바라보고 싶다는 게 어떤 건지
나누고 싶다는 게 어떤 건지
만지고 싶다는 게 어떤 건지
함께하고 싶다는 게 어떤 건지
이해하고 싶다는 게 어떤 건지.

내가 여태 알던 건
다 가짜였어.

세 번째

그리워하는
일

● 그리워할 대상이 필요했던 거야. 그뿐일 거야.

그래서 난 널 그토록 그리워했던 거야.

닿지 못할 곳에 있는 너를 그리워하는 게

쉬웠을 거야. 편했을 거야. 그리워하고 싶었을 거야.

누구에게나 그리워할 대상은 필요하니까.

널 그리워하는 일은 너무도 완벽했다.

거꾸로 바라본 하늘

● 네가 요즘 땅만 보며 걷는다는 말을 하는데 마음이 아팠어.

그리고 간만에 하늘을 올려다봤는데

하늘이 예뻤다고도 했지.

네가 바라본 하늘이 마침 예뻐서 참 다행이라고 생각했어.

난 종종 고개를 뒤로 쭉 젖혔을 때 마주하는 하늘을 좋아해.

높은 곳을 올려다보는 건 참 좋은 일이야.

그 순간엔 마치 나를 위해 준비된 세상인 것처럼

모든 게 새롭고 낯설게 느껴질 때가 있거든.

하늘로 그득한 시야에 볕이 내 눈으로 들어오면

그게 그렇게 따스할 수가 없더라.

가끔은 모든 걸 거꾸로 보고 싶어.

그럴 때 문득 정답을 마주하기도 하잖아.

네가 거꾸로 바라본 하늘은 어떨지 궁금해.

세 번째

그러니까 이제 땅만 보고 걷지 말고

하늘도 자주 올려다보고 그래야 해.

그리고 그 하늘이 어땠는지 나에게도 나눠줘. 알겠지?

네 번째

아　　　무엇도 아닌 동시에 전부

인

~~~~~~

새로운 만남이
많아질수록

난 자꾸만 무언가를

그리워했다.

모르고 모를 마음

아무리 노력해도 모르는 마음이 있어요.

영원히 모를 걸 알면서 나는 미련하게도 몇 날 며칠을

그 마음에 매달려 있었네요.

모르고 모를 마음.

죽어도 모를 당신의 마음.

오늘은

모르고 모를 마음은

그저 무시하면 그뿐이라고 말하고 싶습니다.

적어도 난 내 감정의 속내를 외면하지 않았으니까요.

내 마음이 모르는 마음이 되는 건 싫습니다.

내 마음이 외면받는 건 싫어요.

내 마음이 이렇게 처참히 사라지길 바라지 않아요.

숨겨둔 마음까지도 드러내기에 모자람 없는 마음들이에요.

그런
날

● 　그런 날이 있지요.

나의 하루가 아무런 힘을 쓰지 못한 것 같은

그런 날 말이에요.

아무도 나에게 힘을 내어보라고 말하지 않았는데

스스로 힘을 내려다가 부러지곤 하는 그런 날이요.

그러면 나는 그 부러진 모습으로 남은 하루를 버텨요.

어떻게든 버텨내요.

그런 날에는 아무도 보고 싶지 않아요.

내가 부끄러워서 아무에게도 나를 보여주고 싶지 않아요.

아무도 나에게 무안을 주지 않았는데

나는　내가　부끄러워서　나를　자꾸자꾸　숨겨요.

내 안에서 내가 사라질 뻔했던 그 수많은 시간 속 당신이

나에게 건넨 한마디.

　　　　　　　　　　　　　　　네 번째

그 한마디로 나는 순간들을 보내고 또 지나갑니다.

"그런 날도 있지요."

나의 침묵은 가득함이에요.

없음이 아니라 가득함이라 나는 매번 시간이 필요해요.

가득함 속에서 말을 꺼낼 시간이요.

하지만 시간은 언제나 나를 기다려주지 않지요.

매정하고 가혹한 날들이에요.

그렇게 매일을 삼켜요.

오늘도 오늘을 삼키겠지요.

기다림을, 보고픔을, 그리움을 곁들여서요.

말하지 않은 게 아니에요.

침묵이 더 많은 것을 말할 때도 있어요.

네 번째

네가 미워. 이제야 널 미워하는 나도 밉고.

시간이 금방 해결해줄 거라 생각했는데

생각보다 오래 걸리는 일이었네.

아마 난 한동안 이렇게 빈껍데기처럼 살겠지.

그리고 시간이 지나면 괜찮아질 거라는 것도 알아.

이게 나의 최선이야.

돌이 되어버린 거 같아. 구멍이 많은 아주 단단한 검은 돌.

언젠가 내가 잔뜩 쏟아부었던 이 마음을, 이 시간을

후회하는 사람이 되지 않았으면 좋겠어.

그건 너무 끔찍한 일이잖아.

우연이라도 널 다시 만나지 않았으면 좋겠어.

하고 싶었던 말, 듣고 싶었던 말도 다 사라졌으면 좋겠어.

보이지 않아서 더 선명한

꽤나 많은 것들이 스치는 밤이네요.

마음은 참 쉽지 않아요.

내 마음은 어느 곳엔가 멈추어 서서

아직 나에게 돌아오지 않은 듯해요.

거기에 계속 멈춰 있는 거예요.

도통 돌아올 생각을 하지 않아요.

어딘가에서 마주칠지도 모른다는 생각에

하염없이 기다리고만 있어요.

그런데요. 오늘 마주쳤어요.

나는 그저 어두워서 잘 보이지 않는 줄 알았는데요.

당신에게로 간 줄 알았던 그 마음이

여전히 내 앞에 있는 거예요.

갈 곳 잃고 헤매고 있던 거예요.

사라졌다고 선명하지 않은 게 아니었어요.

네 번째

보이지 않아서 더 선명한 마음이 있어요.

오늘은 쉽게 잠을 이루지 못할 것 같아요.
그리고 난 또 오늘의 나를 지켜내야겠지요.
나는 요즘 무엇 하나 헤아릴 수 없는 하루하루를
이렇게 살아내고 있어요.

내가 살아가는 방식

● 역시나 난 중간이 없는 성격이구나.

무엇이든 끝을 봐야 하는구나.

내가 싫어하는 나의 모습을 또 한번 마주해버렸어.

내 속의 오랜 미련 같은 것들을, 놓아줘야 하는 것들을,

아쉬워하는 마음을, 그리워하는 마음을

무한히, 한없이 잊기 위해 나는 열심히 그리워하고 있어.

그래야만 비로소 다음 단계로 넘어갈 수 있나 봐.

그리워하고 그리워하고 또 그리워하다 보면

어느 순간 0의 상태가 돼.

자연스러우면서도 신비한 순간이지.

매번 나를 끝까지 밀어붙이는 이 느낌이 너무 싫지만

세상은 이게 내가 살아가는 잔인하고도 진솔한 방식이라고

또 한번 알려주고 있어.

네 번째

● 유난히도 길고 더웠던 봄을 보내야 할 때인가 봐요.

이번 봄엔 하고 싶은 일과 보고 싶은 얼굴들이 참 많았는데

결국 난 아무것도 하지 못했어요.

봄은 나를 알려주기 참 좋은 계절인데 말이에요.

당신도 그런 봄을 보냈을까요. 영영 모를 일이에요.

난 이제 다가올 무더운 여름을 맞이할 준비를 해야겠어요.

낭만을 지닌 사람
들

● 언니,

오늘도 난 언니를 만나서 수다쟁이가 되었네요.

이런 내 모습이 참 좋아요.

항상 맏이라는 이유로 들어주는 일에 익숙한 제가

언니 앞에서만은 조금은 가벼워지고

이야기 가득한 사람으로 변해버리니까요.

기억해요?

언니가 정확히 지금의 내 나이이었을 때 언니를 처음 만났죠.

벌써 시간이 이렇게나 흘러버렸네요.

그땐 언니가 마냥 어른으로 보였었는데

지금의 저는 아직도 그때와 크게 다르지 않아요.

언니처럼 좋은 어른이 되지 못하는 것 같아 걱정이지만

언니가 언제나 곁에 있어 줄 거라는 믿음이

네 번째

늘 괜찮다고 말해주는 듯해요.

그저 어른으로 보였던 그때의 언니도

사실 나와 같은 고민을 하고 있었겠죠?

언니,

요즘 저는 언제나 제 옆에서 묵묵히 존재해주는 사람들의

소중함을 느껴요.

가끔 나의 삶이 고단하게 느껴질 때가 있거든요.

그런데 그들이 내가 살아내야 할 이유를 굳이 찾지 않아도

살아야 할 이유가 되어줘요. 정말 이유가 되어줘요.

그게 저에게 얼마나 큰 힘인지 몰라요.

최근에 그 사람들의 공통점을 발견했는데요,

그들은 모두 자신만의 낭만을 가지고 살아가고 있어요.

낭만에 대해 이야기하는 그들의 모습을 보는 게 너무 좋아요.

얼마나 사랑스러운지 몰라요.

그 낭만으로 우리는 이렇게 살아가나 봐요. 버텨내나 봐요.

우리가 끝까지 놓지 않고 가져가는 이 낭만들이

부디 우리를 배신하지 않길 바라요.

왜 나
  는

● 왜 내가 바라보지 못하는 것은 희미해지지 않아요.

왜 내가 맡지 못하는 향기는 더 오래 머물러요.

왜 내가 만지지 못하는 것은 여전히 나를 가득 메우나요.

왜 나는 변하지 못하나요.

네 번째

파괴되어버린
내 일상을
다시 돌려내는데

얼마만큼의 시간이
필요한 걸까.

나의 하
루

바꾸는 것도, 그대로의 나를 지키는 것도
용기인 세상이에요.
난 꽤나 용기 있는 사람이라고 생각했는데
요즘은 무엇을 바꾸어야 하며
또 무엇을 지켜나가야 하는지도
모르는 사람이 되어가고 있어요.
어느덧 일상의 잔해들이 하루를 이루고
어딘가에 끌려가다시피 하루를 마쳐요.
나의 하루는 다 어디에 있을까요. 어디에 가닿아 있을까요.
찾으면 찾아질까요. 다시는 만나지 못하는 걸까요.
아마도 그런 거겠죠. 보내줘야 하는 거겠죠, 미련 없이.
나 의   하 루 에 게   미 안 한   게   참   많 아 요 .

● 이해하지 못해 상처받았던 시간들을 점점 이해하게 돼.

이해해서 위로가 되고 자연스레 이해되는 게 아파.

그 이해만큼 나의 몫도 점점 커지고 있어.

짊어질 것이 늘어난 순간,

나는 나를 더 이해해야 하겠지.

이해하는 일이 이렇게나 고단한 것이었구나.

● 이따금씩 기억하는 일은 나를 못살게 굴어서

나는 부단히 잊고 잊고 또 잊었어.

잊으면 그게 사라지는 줄 알았지.

더 새겨지는 줄도 모르고.

그런 고단한 발버둥 속에서 새겨져버린 기억의 잔상들을

우연히 마주할 때면 정말이지 속이 울렁거려.

어젯밤엔 친구가 갑자기

몇 년 전 바다에서 함께 찍은

사진을 보내줬어.

유독 짙고 또 짙어서 도통 무슨 색인지 몰랐던,

그래서 선명하게 남아 있는

그 바다를 보는데 속이 또 울렁거렸어.

사실 그날이 너무나 행복했던 터라

그곳에 몇 번은 더 찾아갔었는데

나는 죽어도 그날의 기분을 느끼지 못했어.

대체 뭐가 달라졌으며 뭐가 이렇게나 어려워진 걸까.

'느끼지 못할 바엔 잊어야지. 묻어야지.'

묻고 살아야 할 기억들이 너무 많아.

분명 소중했을 그 시간을,

이제는 그 소중함마저도 자꾸 묻어버리게 될까 겁이 나.

앞으로도 나는 어느 날 문득 마주하는

몇몇 기억들에 속을 울렁이며 살겠지.

그렇게 가지고 살아야 하는 기억도 있는 거겠지.

아무것도 아닌 동시에, 전부
인

● 막 그런 거 있잖아.

너무 많이 알아버려서 너무 알겠어서

도저히 아무것도 모르겠는 거.

너무 많은 것이 한꺼번에 몰려와버려서

내가 다 담기도 전에 떠나버리는 거.

온 우주를 다 뒤엎어버리는 원망스러운 그런 거.

여전히 모르겠어.

지금의 이 마음은 어디에서 왔는지

그때의 고왔던 마음은 다 어디로 가버린 건지

이 알지 못할 쓸쓸함은 어디서 몰려오는 건지

매번 만남 뒤에 휘몰아치는 공허함은

대체 어딜 가면 채울 수 있는 건지

난 무엇에 이리도 집착하는 건지

네 번째

그리고 난 또 왜 이렇게 모순덩어리인건지

오늘은 그냥 내가 누구인지 잊는 게 좋을 거 같아.

아무것도 아닌 동시에, 전부인

나에게.

● 오늘 내가 있는 곳의 하늘이 그때의 하늘과 참 비슷해서

그곳의 풍경이 자꾸만 그려졌어.

바람결까지 비슷해서 얼마나 생생히 느껴졌는지 몰라.

그곳에 다시 가게 된다면 하고 싶은 게 정말 많아.

가장 솔직한 내가 되어 느끼고 싶은 게 많아.

오롯이 혼자가 되어 그곳에 다시 갈 거야.

더 많은 것을 보면서 웃기도 하고 울기도 할 거야.

억지로 웃지 않아도 되고

울고 싶은 마음을 참지 않아도 되는

그런 자유로운 마음으로 마음껏.

그리고 그곳의 사람들을 더 자세히 바라볼 거야.

그때 내가 발견한 삶과 사랑들을

더 오래오래 들여다보고 싶어.

가끔 나에게 남겨진 그 기억들을

자꾸만 더듬고 헤집어서 부서지는 걸 바라보곤 했어.

그 부서짐을 알면서 헤집는 마음이 얼마나 안쓰러운지 몰라.

다시 그곳에 가게 된다면

내게 남겨진 기억들을 더 이상 들추지 않아도 될 것만 같아.

그땐 아무도 마주치지 말자. 아무것도.

적막과 고
요

● 　나 이제 기다리는 것 없고 기다리는 마음도 없어요.

아주 가끔씩 쓸쓸한 마음이 밀려들곤 하지만

그 또한 견딜 만합니다.

그보다 견디기 힘든 것들이 있다면

이를테면 적막과 고요 같은.

나를 꼼짝 못하게 하는 고요함 같은 게 있겠네요.

폭풍전야라는 말 있잖아요.

그런데 나의 고요는 매번 가장 시끄러워서

그 후에 찾아오는 폭풍이

그리 두렵지 않고 어지럽지 않습니다.

생각보다 나를 깨트리지 않아요.

그러니 나는 나의 적막과 고요를 잘 살펴야 해요.

고요가 어디서 오는 것이고 나에게 무엇을 말하고 있는지.

귀 기울여야 해요.

　　　　　　　　　　　　　네 번째

영영 없
다

나는 요즘 죽어가는 너를 바라봐.

그렇게도 바라던 네가 내 안에서 죽기를,

자주 네가 죽었으면 좋겠다고 생각했어.

반드시 너는 내 안에서 죽어야 한다고.

네가 내 안에 살아있는 한 나는 살 수가 없다고.

나는 아직도 제대로 된 숨을 쉬지 못하며 살아가고 있다고.

…

그런데 이런 게 다 무슨 소용이야.

이미 내가 다 죽었는걸.

널 죽이다가 이미 내가 다 죽었어.

네가 다시 돌아와도 난 이제 없어.

예전의 나는 죽어서 영영 없다.

낯선 환경에
던져진 나를
발견했을 때

그토록
불완전한 나의 모습이
너무도 마음에 들었다.

갈망하던 자유에
조금은 닿을 수 있겠다는

희망 때문이었다.

나는 함부로 널 이해하려 했고

어쩌면 나의 침묵으로 너의 용기를 강요했는지도 몰라.

이렇게 글로 쓰고 보니 너무 끔찍한 일이네.

나는 가끔씩 나의 진심을 이용해 또 다른 거짓을 꾸며내고

그렇게 나를 누군가에게 납득시키려 했어.

아마도 이런 것들의 최종 목표는

나 자신을 납득시키려는 발버둥이겠지.

조금이나마 나를 이해시키려고.

끝이 없는 이기심.

마음을 고쳐내는 게 정말이지 쉽지가 않아.

● 슬픔에도 종류가 있다는 걸 알았어.

분명해.

지금 내가 느끼고 있는 슬픔은 겪어본 적 없는 슬픔이거든.

결코 느껴본 적 없어.

너와 나누지 못한 것들이 내게로 올 때

난 어느 때보다 강렬한 슬픔을 느껴.

본 적 없는 슬픔이라

내가 어떻게 받아들여야 하는지조차 모르겠어.

들이지 않아도 내 안에 잔뜩 들어앉아 있는 슬픔들.

난 슬픔을 싫어하지 않았다고.

나만의 방식으로 슬픔을 즐길 줄 아는 사람이었다고.

이런 슬픔이라면 더 이상 오지 말아야 해.

네 번째

● 오늘은 씩씩하다는 말을 두 번이나 들었어. 두 번이나.
나를 씩씩한 사람이라고 생각해본 적은 없는데
오늘은 씩씩하게 걷는 나를 보면서
그게 진짜일 수도 있겠다는 생각을 잠깐 했어.

오늘은 어두워 보인다는 말을 두 번이나 들었어. 두 번이나.
난 원래 자주 어두웠다가
또 단순한 이유로도 금세 밝아지는 사람인데
'오늘은 어두운 사람이었구나…' 생각했어.

그런데 그건 다 나의 얼굴이 아니었는데
내가 퍽 척을 잘하는 사람이 되었나봐.

● 내가 보지 못한 낯선 얼굴을 너에게서 발견했을 때
내가 예상하지 못한 너의 모습을 봤을 때
나는 너에게 배신당하는 것 같았어.
넌 그냥 너였을 뿐인데
마치 너를 모조리 꿰뚫고 있다는 듯
너를 판단하고 선택했어.

미안해. 내가 오만했어.
나의 오만으로 널 가두었어.

랜덤 재생

● 오늘은 집에 가는 길에 이어폰을 꽂고

오랜만에 플레이리스트 랜덤 재생을 했어.

무슨 노래를 듣고 싶은지 몰라서였을 거야.

사실 듣고 싶은 노래는 없었는데

마음이 시끄러워서 노래라도 듣지 않으면 안 될 것 같았어.

나 원래 랜덤 재생 잘 안 하는 거 알지?

노래 선곡조차 마음이 허락지 않으면 잘 듣지 못하는

그런 성가신 애잖아 나.

걷고 있던 밤길이 선선하고 다정해서 기분이 좀 나아졌고

그 순간에 익숙하지만 낯선 전주가 흘러나왔어.

수도 없이 들었지만 한동안 들을 수 없던 그 노래.

나를 품어주고 모든 걸 다 이해해줄 것만 같은 노래였어.

이제 그 노래를 들을 수 있게 되었다는 사실이

왜 이리 아픈지 몰라.

놓아야 한다는
말

●   선생님.

사소한 것들에 목매는 요즘의 저를 바라보며

선생님이 해주신 말씀이 떠올랐어요.

놓아줄 것들은 놓아야 한다는 말이요.

저는 그게 왜 이토록 어려운 걸까요.

사소한 것들도 크게 남아

저를 붙들고 놓아주지 않아요. 잊어주지를 않아요.

그래서 저는 사소한 인연도 만들려 하지 않아요.

감정이 요동칠 때마다 어둠에 저를 내어줘요.

저의 모든 것을요.

내어주다 보니 그게 편해졌나 봐요.

습관처럼 져주는 것이요.

익숙함은 무서워요. 괴롭고요.

배신하고 싶어요.

너에게 다시는 나의 일부도 내어주지 않겠노라고.

미련 없이 돌아서고 파요.

선생님, 저에게도 그럴 수 있는 순간이

단 한 번이라도 찾아올까요?

부를 수 없는 이름들

● 요즘은 시간을 살아낼수록

점점 부를 수 없는 이름들이 많아진다는 게 참 괴로웠어요.

자연스런 일이라지만 부르고 싶어도 부를 수 없는 이름들이

저를 꽤나 괴롭혔거든요.

그런데 이제 그건 제 능력 밖의 일이라는 걸 느껴요.

제가 어찌할 수 없는 힘으로 생겨나는 그 이름들은

자연스럽게 떠나보내고

그보다 더 많은 인연들이 다시 저에게 돌아오길 바라요.

그리고 그 인연들을 끝끝내 붙잡을 수 있는 힘을 가지려고

노력하고 있어요.

다시는 내버려두지 않으려고요.

여전히 무엇이 정답인지는 모르지만

후회하는 일은 더 이상 없었으면 해요.

네 번째

사람들은 나의
흐트러진 모습을 보는 게
좋다고 했다.

오랜 친구는
내가 취한다고 말하면
기분이 좋다고 했다.

누군가는 나를
흐트러놓고 싶다고 했다.

다섯 번째

모   든 마음엔 다 이유가 있

어

이
유

내가 종종 말했었지.

우리에게 일어나는 모든 일엔 다 이유가 있을 거라고.

그렇게 생각하고 나면 좀 나아졌거든.

굳이 가지지 않아도 되는

수많은 결과의 책임에서 벗어나기도 했고

내 잘못이 아니라고도 생각할 수 있었어.

그런데 요즘은 정말 그런 생각을 해.

나에게 일어나는 일들이 그냥 일어나는 건 없다고.

번뜩이며 나타나는 것들이

실은 내가 오래토록 바라보고 발견하고

느끼고 생각하고 고민하고 타협하고

그러면서 또 되새기던 것들이더라.

이런 게 정말 시간의 힘이라는 건가 봐.

다섯 번째

모든 선택엔 모든 마음엔
다 이유가 있을 거야.
나는 여전히 모든 것에 이유가 있고
이유가 있기를 바라며 살아.
이 마음 놓지 말자.

너에게 달력을 선물한 건 시간을 선물하고 싶어서였어.

내 시간만큼이나 너의 시간도 소중하길 바랐어.

거창한 일을 하지 않아도 특별한 일이 일어나지 않아도

순간순간이 그저 의미 있고 무탈하길 바랐어.

시간이 흐르는 건 우리의 힘으론 어쩔 수 없는

너무도 하염없는 일이기에,

지나가는 시간을 받아들이는 일이 이제는 더 이상

힘든 일이 아닌 기대되는 시간이길 간절히 바랐어.

네가 힘겹게 부둥켜안고 있는 시간들을

편안하고 자연스럽게 놓아줄 수 있는 시간이 올 거야.

꼭 그럴 거야.

고맙고 미안한 거 말고

어디서 읽었는데
고맙고 미안하다는 말은 서로 떼어놓을 수 없대.

'고맙고 미안하다.'

너무 잔인한 말이다. 그치?
난 누가 자꾸 나한테 미안하다고 하면
이상한 죄책감 같은 게 들던데.
고맙다는 말은 가끔 너무 무겁게 느껴져.
고맙고 미안하고 이런 거 다 말고
그냥 옆에 있어 주면 좋겠다.

서로의 용기가 되
어

● '그런 날이 오긴 할까' 했던 그런 날들이 왔어요.

지난날의 걱정은 모두 의미 없다는 듯 다가옵니다.

그런 날들이 점점 많아져요.

그런 날들이 많아진다는 건

내가 바라는 날보다 그리워할 날들이 많아지는 걸까요.

생각해보면 참 따듯하고 반짝이던 날들.

끝까지 아름다웠기에, 그래서 영원할 수 없었기에

기억하기 두려웠습니다.

다시는 그런 날이 우리에게 오지 않을 것 같았으니까요.

그런데 어떤 날들이 또 와요.

'오긴 하는 걸까' 하는 걱정이 모두 의미 없다는 듯 또 와요.

사람으로, 시간으로, 바람으로, 계절로, 빛으로.

살아지고 살고 싶은 날들이 옵니다.

다섯 번째

이제 그날들을 아름다웠다고 기억하는 것이

두렵지만은 않을 것 같아요. 기억할 수 있을 것 같아요.

그런 용기가 생깁니다.

용기 내고 싶어지는 그런 날들이에요.

우리 서로의 용기가 되어요.

서로의 용기가 되어

서로의 날들을 함께 바라봐주면

참 좋겠어요.

바 라
봄

● 　매번 뒤돌아서 후회하는 내 뒷모습을 그대로 바라봐주는 일.
그리고 가끔은 그 모습을 형용해주는 일.
누구에게도 꺼낼 수 없는 이야기를 너에게만 할 수 있는 것도
아마 너의 그런 바라봄 때문이겠지.
너는 나와는 다른 눈과 마음을 가져서
내가 볼 수 없는 것들을 보고
내가 보지 않는 것들을 보고
그렇게 내가 영원히 가질 수 없는 것들을 가지고 살겠지.

그런 눈으로 나를 오래 바라봐주면 좋겠다.

다섯 번째

그렇게 살자 우
리

우리 항상 이런 이야기를 했잖아.

우리는 언제까지 우리일까?

우리는 계속 우리일 수 있을까?

그런데 우리가 우리인 건 괜찮은 건가?

우리가 계속 우리인 게 정말 괜찮은 거 맞을까?

우리는 여전히 너무 우리인데.

그런데 어제는 말이야.

우리가 우리라서 참 다행이라고 생각했어.

우리가 한결같아서.

그리고 네가 여전히 내 옆에 있어서.

오늘의 이 마음이 어제와 다르고 내일과는 다를 테니

나는 나를 잘 돌보고 또 너는 너를 잘 돌보며

그렇게 살자 우리.

● 넌 어릴 때부터 눈물이 참 많아서

네 이야기를 하다가 울고,

눈 마주치면 울고,

스치는 바람에도 우는

그런 여린 울보였지.

가끔 힘겹게 울음을 삼키며 내 이야기를 너에게 나눌 때면

나대신 많은 눈물을 흘려주기도 했어.

우리는 너무 달라서 종종 서로를 이해하지 못했는데

유독 그런 걸 잘 견뎌내지 못하는 이기적인 나에게

어느덧 나보다도 훨씬 더 단단해진 너는

그건 우리 둘 중 누구의 잘못도 아니라고 말해줬지.

넌 그저 우리 마음속에서 일어나는 일들만 걱정하는

그런 사람이었어.

다섯 번째

우리는 이렇게 다름에도

이따금 같은 이야기와 같은 문장들에

웃음 짓고 눈물짓는 일이 나는 좋았어.

언젠가 내가 너에게 '넌 정말 초록 같다'고 한 적이 있었지.

가끔 나의 못난 마음이 너를 밀어내려 할 때면

항상 밀려나지 않고 버텨준 그 거대한 힘은

분명 저 초록에서 나왔을 거야.

그러고 보면 난 네가 나대신 흘려주는 눈물이,

그 울음이 참 좋았어.

우리는 그날 '솔직함'에 대해
오래 이야기했다.

친구는 자신의 '솔직'이
잔인해서 싫다고 했는데

난 솔직을 외면하는 사람은
비겁해서 싫다고 말했다.

나의 이기심을 다시 한 번
확인하는 순간이었다.

우리의 마지막

오늘 꿈속에서 모든 꿈이 다 사라지는 꿈을 꿨습니다.

꿈속에서조차 나에게 꿈을 허락지 않아 몹시 괴로웠습니다.

이렇게 가혹할 수 있나 싶었어요.

그토록 바라도 내 꿈에 나타나지 않았던 당신.

오늘 당신이 내 꿈에 나온 것이 분명합니다.

꿈들이 사라지는 꿈을 꾸었지만

나는 당신의 향기를 기억하고 있거든요.

여전히 머쓱하게 웃는 모습을 하고 내 옆에 있어줬어요.

그 모습만은 선명합니다.

그리고 나는 기억하지 못하는 꿈속에서 확신했습니다.

이게 우리의 마지막이라는 걸요.

아무도 마지막이라고 말하지 않았는데

나는 알아버렸습니다.

우리의 마지막을요.

그러면 안 되는 거였
어

너를 생각하며 나를 자주 뜯어냈어.

아무도 모르게. 여기저기를 말이야.

자주 뜯어내고 덧붙이며 고치려 노력했어.

그러면 안 되는 거였는데.

난 그런 걸 원한 게 아니었는데.

너의 얼굴에는 무언가가 겹겹이 쌓여 있어서

난 그걸 하나하나 벗겨내려 했어.

그러면 안 되는 거였는데.

넌 그런 걸 원한 게 아니었을 텐데.

그렇게 뜯어내고 벗겨내다 보니 우리는 변했어. 달라졌어.

다시 돌아갈 수 없을 거야.

다섯 번째

● 이미 과거에서부터 나를 위한 말이 준비되어 있었던 거야.

지금의 나를 위해

어느 순간에 이 말들을 기록하고 기억해둔 걸 거야.

이 말이 나에게 필요할 줄 알았던 거야.

오늘 그 말을 만났어.

사실 널 위한 말이었을 거야. 너에게 줄 나의 말들.

오직 너를 위해 기다려온 말들.

그 무수한 시간 사이에서 발견한 말을 너에게 전하려 해.

이게 얼마나 반짝이는 소중함이야!

● 이제 더 이상의 우연은 없다고. 없어야 한다고.

여전히 밤마다 기도해.

너를 다시 만난다면 어떨까.

아니 어떻게 될까.

나 어떻게 될까.

사소한 우연도 우리에게는 절대 일어나선 안 돼.

힘을 다한 용
기

● 우리 사이는 비에 젖은 성냥개비 같아요.

습하디 습한 곳에서 만나

서로를 알아봤고 서로를 발견했고

그렇게 각자의 성냥개비로

서로의 성냥갑에 불을 붙이려 했지만

비가 쏟아져버렸죠. 아주 잔인한 방식으로.

그럼에도 난 포기하지 않았어요. 불을 지피려는 노력을요.

하지만 당신은 쉽게 지치는 듯 보였어요.

나의 노력을 봐주지 않고

그저 성냥갑이 마르기만을 기다리는 사람 같았어요.

그래요. 나도 성냥갑이 다 마를 때까지 기다릴 수 있어요.

그렇게 해서라도 불이 붙는다면 얼마든지요.

그런데 기다리면 내가 괜찮을까요. 같은 마음일까요.

나 의   용 기 는   힘 을   다 했 어 요 .

꿈에서 만나
자

꿈에서 만나자.
우리 못다 한 이야기 꿈에서 나누자.
잊고 싶은 거 다 잊고
오래오래 하염없이 꿈에서 만나자.

다섯 번째

언젠가 꼭 다시 만나
우리 그땐 서로를 알아보자.

의미의 의
미

● 오늘 좋아하는 시 한 편을 읽었어.

오래 애정하던 글인데 오늘따라 자꾸 눈에 밟히는 거 있지.

그래서 몇 번을 읽었어.

밥을 먹다가도. 음악을 듣다가도.

길을 걷다가도. 어떤 생각을 하다가도.

그렇게 또 읽어 내려가는데 갑자기 처음 보는 시 같았어.

모든 게 다른 의미로 해석됐어.

그동안 내가 읽었던 시간들이 다 무의미하게 느껴졌어.

무엇 때문이었을까? 왜 모든 게 낯설어진 거지?

문득 몇 번도 더 곱씹었을 너의 말이 생각났어.

애초에 넌 그 말을 나에게 다른 의미로 했을지도 몰라.

그렇게 나는 너의 말을 나만의 의미로 받아들이고

여러 의미들 중 내가 원하는 한 가지를 선택해서

다섯 번째

멋대로 해석했겠지.

그리고 보면 네가 나에게 준 어떤 말은

내가 그저 가볍게 넘긴 말이었을 수도 있고

어떤 말은 더 많은 의미를 담길 바랐는지도 모르겠다.

● 인연은 어떻게 시작되는지가 정말 중요한 것 같아요.

우리가 전혀 다른 곳에서, 다른 이유로, 다른 마음을

가지고 만났다면 어땠을까요.

당신이 나를 미워하지 않아도 되는 곳에서.

내가 당신을 원망하지 않아도 되는 곳에서.

그런 상상을 해봤어요.

우리가 다른 인연이 되는 상상이요.

아마 우린 이번이 아니더라도

분명 어딘가에서 만났을 거예요.

우리의 인연은 가벼운 인연이 아님을 알아요.

스쳐가더라도 언젠가는 또다시 맞닿았을 인연.

그러나 우리의 인연은 시작되어 버렸네요.

이미 끝난 인연일까요.

우리가 다른 곳에서 만났으면 좋았을 텐데.

우리가 다른 인연으로 만났으면 참 좋았을 텐데.

영원한 편
지

● 영원히 읽히지 못할 편지일 테지만

너에게 언젠가 한 번쯤은 편지를 써주고 싶었어.

그게 이렇게나 오래 걸릴 줄은 몰랐네.

난 네가 나와 같은 평범한 삶을 살았다면

어떤 사람이었을지 궁금하곤 해.

넌 나에게 어떤 말들을 건네며 너를 표현했을까.

어떤 것들이 너를 웃고 울게 만들었을까.

난 살면서 너의 존재가 몹시 필요했어.

가끔은 누구와도 나눌 수 없는 이야기들을

너와는 나눌 수 있었을 텐데.

그게 나에게 큰 힘이 되었을 거야.

사실 이런 나눌 수 없음에

혼자 짊어져야 했던 시간들을 견뎌내기 힘들 때도 있었어.

다섯 번째

하지만 널 원망하진 않아.

난 너를 생각하면 그저 마음이 아리고 아프니까.

내가 뭐라고 널 생각하면서 아플까.

그건 널 아주 많이 사랑해서겠지.

모든 것을 내어주고도 부족할 만큼 너를 아끼니까 말이야.

넌 요즘 어떤 생각을 할까?

너도 나를 사랑하고 있을까?

너에게 난 소중한 존재일까?

말하지 못해도 내가 다 알아줄게.

내가 널 자주 들여다보고 돌볼게. 노력할게.

노력하지 않아도 아마 내 몸과 마음이 그렇게 할 테지만.

아무도 모를 마음이
여기 있어요

초판 1쇄 인쇄 | 2020년 9월 10일
초판 1쇄 발행 | 2020년 9월 21일

지은이　　　| 강선희
펴낸이　　　| 전준석
펴낸곳　　　| 시크릿하우스
주소　　　　| 서울특별시 마포구 독막로3길 51, 402호
대표전화　　| 02-6339-0117
팩스　　　　| 02-304-9122
이메일　　　| secret@jstone.biz
블로그　　　| blog.naver.com/jstone2018
페이스북　　| @secrethouse2018
인스타그램　| @secrethouse_book
출판등록　　| 2018년 10월 1일 제2019-000001호

ⓒ 강선희, 2020

ISBN 979-11-90259-36-1 03810